Saint Antonius
Kurhotel mit Herz
von

CM Groß

Widmung

Ich widme die Hommage meinem verstorbenen Onkel und Paten, MUDr. Arnošt Kopta leitender Arzt in Marienbad.
Der als Kurarzt vielen Kranken wieder Hoffnung auf ein beschwerdefreies Leben gegeben hat.

Carla Maria Groß, geb. Kopta

Bibliografische Information der Deutschen Bibliothek:
Die Deutsche Bibliothek verzeichnet diese Publikation in der Deutschen Nationalbibliographie; detaillierte bibliografische Daten sind im Internet über < http://dnb.ddb.de >abrufbar.

Impressum

© 2020 by – CM Groß

Umschlaggestaltung:	CM Groß & BoD
Zeichnungen	CM Groß
Beratung	Daniela Hein

Herstellung und Verlag: BoD - Books on Demand, Norderstedt

ISBN 9783748125891

Einleitung

Im Jahr 1813 gründete Abt Karl Prokop Reitenberger den Kurort Marienbad.

Durch den Besuch von herausragenden Persönlichkeiten des öffentlichen Lebens, wie Johann Wolfgang von Goethe, den Monarchen Franz Josef I., Kaiser von Österreich und Edward VII., König von England, wurde Marienbad zu einem der erfolgreichsten Kurbäder von Europa.

Die 40 Quellen, die saubere Luft in den Parks und Wäldern und die prunkvolle Architektur des Kurortes, zogen immer mehr erholungs- und heilungssuchende Menschen an.

Im Jahr 1912 wurde im böhmischen Kurbad, am Rande des Kurparkes, an den Berghängen des Waldes eine Villa im Jugendstil erbaut, die heute zu den 50 schönsten Villen zwischen Karlsbad und Marienbad gehört.

Was hat den Bauherrn bewogen, am östlichen Eingang die Statue des "Heiligen Antonius" von Bildhauern entstehen zu lassen?

Heute ist die Villa "Saint Antonius" bei Insidern, das beliebteste familiengeführte Kurhotel im Dreibädereck – ein "Kurhotel mit Herz"!

Inhaltsverzeichnis

Teil 1

Teil 2

Teil 1

1. Anresie

Viele Male bin ich die Strecke vom Osterzgebirge ins Dreibädereck gefahren, immer wieder musste ich den Staub der Kohlereviere von Most und von Chomutov von meinen Auto wischen und dennoch hat die Landschaft etwas reizvolles im Wechsel der Jahreszeiten.

Ich sah die weißen Schneehänge des Winters bis weit in den Frühling hinein, ich ärgerte mich über die schlammigen Wege und Straßen im April, genoss die blühenden Landschaften im Frühling und Sommer und konnte mich nicht genug an den bunten Herbstwäldern satt sehen.

Es ist seit zwei Wochen kalendarischer Frühling. Jedoch die Fahrt über das Erzgebirge mit seinen schneebedeckten Hängen und Bäumen im weißen Brautkleid, lassen den Betrachter den tiefsten Winter fühlen. Auf der Strecke sehe ich immer wieder verfallene Ruinen, Kirchen und prunkvoll restaurierte Schlösser.

Es zieht mich immer wieder zu den dampfenden Quellen im Dreibädereck, die Gesundheit und neue Lebenskräfte versprechen. Keine der

Quellen, die in Bächen unterirdisch, bestückt von den Mineralien und Spurenelemente des nahen Erzgebirges fließen, gleicht der anderen. Jede dieser Quellen hat eine andere Zusammensetzung und damit auch eine nicht unbedeutende medizinische Bedeutung für den Heilungssuchenden.

1. Im Kurort Karlsbad werden mit Nutzung der Quellen vorwiegend Krankheiten des Verdauungssystems, der Leber und Galle behandelt.

2. Im Kurort Franzelsbad behandeln die Kurärzte insbesondere Frauenkrankheiten, Unfruchtbarkeit, Kreislaufstörungen, und Erkrankungen des Bewegungsapparates.

3. Im Kurbad Marienbad, dem Ziel meiner Reise, findet der Erholungssuchende, viel Ruhe, gute Luft und 40 Quellen wirken sich gesundheitsfördernd auf unterschiedliche Beschwerden aus.

Während Karlsbad mit seinen vielen Ivents das unruhige Zentrum des Dreibäderecks ist, sind die Kurbäder Franzelsbad und Marienbad geruhsamer.

2. Ankunft und Einchecken

Auf der Hauptmagistrale ins Zentrum von Marienbad herrschte reger Verkehr. Ein großer Teil der Einwohner arbeitet im Dienstleistungs- und Kurbetrieb. Es war Schichtwechsel, an den Bushaltestellen bildeten sich Menschentrauben und Autos hupten.

Endlich schaltete die Ampel auf Grün, ich bog mit meinem Opel in die Angelikastraße ein. Vorbei an großen Wohnhäusern im Jugendstiel, beginnt nach 50 Metern die 30'er Zone und damit befand ich mich schon auf der Straße die den Kurpark kreuzt. Es war plötzlich angenehm still. Ich betätigte den Fensterheber und hörte das Zwitzschern der Vögel. Ein verführerischer Duft von Zimt und frischem Gebäck zog ins Auto. Da entdeckte ich hinter den Bäumen eine kleine Fabrik. Auf dem Schild konnte ich den Namen erkennen, "KOLONADA – Oblaten" Marienbad 1856.

Nach einer weitausladenden Kurve säumen am Hang rechtsseitig große Villen die Straße, dahinter konnte ich die rießigen Bäume des Waldes sehen.

Auf der linken Seite liegt oberhalb des Kurparkes ein kleiner Sportplatz. Schon fuhr ich an einem der schönsten Casinos von Europa vorbei.

Das Casino "Bellevue" (schöne Aussicht) wurde im Jahr 1835 erbaut und 1996 liebevoll renoviert.

Dank der hervorragenden, beschaulichen Lage und der einzigartigen Atmosphäre des Kurortes, ist das Bellevue kein loses Versprechen. Ein wenig luxeriös, ist es geeignet zu genesen, neue Kräfte zu sammeln und die Freizeit genussvoll zu verbringen.
Ich hatte schon nach diesem kurzen Eindruck das Gefühl, dass hier die Natur verschwenderisch ist und die Kurhotels und Freizeiteinrichtungen elegant sind.

Und schon stand ich vor dem Kurhotel, das mir in den nächsten 14 Tagen, Gesundheit und Lebensfreude zurückbringen sollte.

Ich parkte das Auto am Straßenrand, half meiner Reisebegleiterin aus dem Auto und folgte ihr im angemessenem Abstand.

Sie, meine 90jährige Mutter, war schon einmal in diesem Kurhotel und des Lobes voll. Und so war dann auch die Begrüßung durch die Hotelchefin, die meine Mutter so herzlich begrüßte, als sei sie eine Verwandte, die lange Zeit auf Reisen war. Auch ich verspürte diese Herzlichkeit bei einem innigen Händedruck.

Zuerst wurde mir ein Parkplatz gleich vor dem Haupteingang zugeteilt. Danach erhielten wir drei Schlüssel, um die für unseren Aufenthalt geeignetsten Räumlichkeiten auszuwählen. Der erste Raum war auf der gleichen Ebene vom Gast-und Speiseraum, der zweite Raum befand sich im unteren Bereich, aber dieser hatte eine Badewanne.
Der dritte Raum, gleich neben dem Kurbehandlungstrakt, verfügte über eine Dusche und kam unseren Vorstellungen, weit über unseren Erwartungen, entgegen.

Zur Erklärung, meine 90jährige Mutter geht am Stock, vor einem halben Jahr wurde bei ihr ein Tumor in der Brust diagnostiziert. Sie konnte auf Grund eines Herzproblemes nicht operiert werden und wurde nur mit Tabletten und

Spritzen behandelt. Meine Mutter lebt sehr gesund, sie ernährt sich vorwiegend von Obst und Gemüse und verbringt den ganzen Sommer in ihrem Gartengrundstück am Wald, in den Bergen der Oberlausitz.

Im stolzen Alter von 88 Jahren hat sie sich das Gartengrundstück gekauft, weil es ihr nach einem 20jährigen Dauercamperdasein auf einem Waldcampingplatz im Osterzgebirge etwas zu beschwerlich wurde.
Der Befund ihres Hausarztes war, den meine Mutter im übrigen abgöttisch verehrt, dass der Krebs auch so und mit einem Kuraufenthalt bekämpft werden kann. Die monatlich erfolgs versprechenden Befunde, beweisen das auch.

Zu einer regulären Kur zu fahren, ist leichter gesagt als getan. Denn meine Mutter, die in einer Mietwohnung im dritten Stock wohnt, hat einen kleinen Hund. Eine zehn Jahre alte Hundedame, natürlich ein reinrassiger Yorkshire Namens Felizitas, gerufen Feli.

Und ich habe auch einen Hund, ein im Verhältnis zu Feli großen Hund, eine Promenadenmischung, ähnlich dem englischen Foxhund. Shyra ist eine spanische Asylantin, mit echtem gültigen spanischen Pass. Shyra sah ich vor acht Jahren hinter Gittern in einer spanischen Perrera (Tötungsstation). Ich holte die einhalbjährige Hundedame zu mir nach Deutschland und habe seit dem, die ehrlichste und treueste Freundin, die sich eine Zweibeinerin wünschen kann.

Nun ist es raus, warum wir von der Chefin so übervorteilt wurden und uns drei Zimmer aussuchen durften!

Von diesem Räumlichkeiten aus stören wir keinen Kurgast. Ich werde ganz unauffällig durch den rechten Seitenausgang, an der Küche vorbei, mit den Hunden Gassi gehen können.
Von Vorteil ist, dass meine Mutter nur dreimal am Tag die Treppe zum Speiseraum heraufsteigen muß und zur Kurbehandlung kann sie gleich um die Ecke mit dem Bademantel eilen.

Meine Mutter machte es sich gleich in dem geräumigen Zimmer gemütlich. Im Raum steht ein großes Ehebett mit zwei Nachttischen und Tischleuchte. Am mittleren Fenster befindet sich eine Tischgruppe. An der Wand steht ein Schreibsekretär und daneben der Fernsehapparat auf einem geäumigen Untertisch.

Da der Raum an der Fensterfront nach außen gewölbt ist, spenden die drei großen Fenster viel Tageslicht. Elegante Vorhänge, Stuck und geschmackvolle Gemälde vollenden das stilvolle Ambiente.

Im Korridor befindet sich ein großer Einbauschrank für Kleidung, Schuhe und Koffer.

Gegenüber geht das Bad ab, das keine Wünsche offen lässt.

Ich begab mich zu meinem Auto, um es vor dem Eingang einzuparken. Unsere zwei Hundedamen hatten inzwischen ausgeschlafen, sie schauten mich erwartungsvoll an. Nach einer kleinen Gassirunde brachte ich die zwei Vierbeiner über den Schleichweg, seitlich an der wohlriechenden Küche vorbei, die Treppe hinunter in unser Kururlaubsquartier.

Die Oma hatte für die zwei Racker bereits ihre Schlafplätze vorbereitet und Leckerlis bereitgelegt, damit nahmen die zwei Hunde ihre Ruheplätze sofort an.

Nun entlud ich das Auto und brachte alles in unsere kleine Ferienwohnung, dabei lernte ich die hüpsche junge Köchin kennen, die mir sofort ihre Hilfe anbot. Aber wer bin ich, selbst ist die Frau. Die Köchin hatte bestimmt noch sehr viel bis zum Abendbrot zu tun.

Nachdem ich mein Auto abgeschlossen hatte, rief mich die Chefin heran. "Pani Carla, der Arzt wartet schon auf sie und ihre Mutter."

Mir hüpfte das Herz. "Pani Carla", so hatte mich seit 20 Jahren keiner mehr angesprochen. Das war mein Pseudonym in der tschechischen Republik, als ich 380 Kindern in tschechischen Waisenheimen von Deutschland aus, mit Unterstützung von "Menschen mit Herz" und den Medien geholfen hatte.
Das waren Kinder die keine Zukunft hatten, weil ihre Mütter Prostituierte an der Europastraße waren und ihre Kinder abgeben mussten, um für ihre Zuhälter weiter zu arbeiten.

Warum hat mich die Chefin nicht mit meinem Familiennamen angesprochen, sondern mit meinem Vornahmen, also "Pani Carla"?

Ich hatte das Gefühl, hier hält jemand die Hand darüber, dass sich jeder Gast wohlfühlt.

3. Kureinweisung

Der sympatische Arzt schaute sich die Überweisungsunterlagen unseres Hausarztes an und legte die Behandlungen, 20 an der Zahl, fest. Es war ein straffes Programm. Täglich hatten wir am Vormittag drei Anwendungen, nur das Wochenende war frei.

Die Zeit ist so schnell vergangen, dass wir nach einer kleinen Pause bereits zum Abendessen mussten.

Unsere Vierbeiner schliefen erschöpft auf ihren Lagern und sie bemerkten unseren Aufbruch gar nicht. Wir schlossen die Ferienwohnung ab. Gegenüber unserer Tür befand sich die mit Fussbodenbelag nach oben im Bogen geschwungene Treppe mit einem goldenen Handlauf und einer guten Beleuchtung.

Der dicke Bodenbelag verschluckte jedes Geräusch. Wir passierten einen kleinen Gang von dem zwei Gästezimmer und die Küche abgingen und schon standen wir vor dem Speiseraum, der über unseren Räumen lag und auch eine Rundung an der Fensterfront nach außen hatte.

Drei heiter plaudernde Damen saßen an einem großen Tisch. Daneben an einem Ecktisch vor der Fensterfront saß ein Ehepaar.

An der Fensterfront stand ebenfalls ein langer Tisch, der für zwei Personen eingedeckt war.

Dahinter befand sich wieder eine geschwungene Treppe mit Teppichboden und goldenen Handlauf. Vor der Treppe stand auch ein langer Tisch, vis-a-vis von den drei lebhaften Damen.

Durch den Eingang konnten wir den gemütlichen Gastraum und den Tresen sehen.

Der gesamte Raum war vornehm, trotzdem anheimelnd, Luster hingen an der Decke, der Bauherr hatte nicht mit Stuck und Luxus bei der Wandgestaltung gespart. Ein großer goldumrandeter Spiegel und stilvolle Bilder vollendeten das Ambiente.

Die Chefin, durch meine Mutter kannte ich nun auch ihren Namen, Jana, erwartete uns schon. Sie wies auf die zwei Gedecke an der Fensterfront und fragte nach unseren Getränkewünschen. Dann zeigte sie uns noch im Gastraum das Salatbuffet.

Obwohl wir die Letzten waren, bekamen wir als erste unsere Vorspeise, eine kräftige Suppe.

Der zweite Gang waren Knödel mit Gulasch. Die Salatbeilage hatte ich vorher vom Buffet für uns geholt.

Beim dritten Gang lächelte Jana, denn es waren unsere Lieblingstörtchen. Oh weh, mit ganz viel Schlagsahne.

Nachdem alle Gäste das Abendbrot eingenommen hatten, kam Jana mit drei Menüvorschlägen für den morgigen Abend. Es hörte sich alles sehr verlockend an.

Wir waren auf Grund der langen Anreise sehr müde und hatten auch etwas Sorge um unsere zwei vierbeinigen Reisebegleiterinnen.

Beim Verlassen des Gastraumes, erhielten wir von Jana noch unsere Kuranwendungspläne für die nächsten 14 Tage.

Wir verabschiedeten uns artig von den anderen Kurgästen und stiegen in unsere Gemächer hinab.

Im Zimmer angekommen erwarteten uns Shyra und Feli schwanzwedelnd, sie gaben keinen Laut von sich, aber ihre Augen sagten: "Habt ihr uns etwas mitgebracht?"

Natürlich erhielten sie zuerst ihr redlich verdientes Leckerli und nach der Gassirunde das mitgebrachte Dosenfutter.

Wir fielen alle todmüde, ohne fernzusehen, auf unser gemütliches Schlaflager.

4. Kur – Alltag

Gegen sechs Uhr machte sich die kleine Feli bemerkbar. Sie stand schon an der Tür, während sich die Große noch faul auf ihrem Lager streckte.
Ich zog mich schnell an, nahm die Leinen und lief zur Tür, die Hunde folgten mir ganz leise. In der Küche brannte bereits Licht und ein verführerischer Duft nach Kaffee und frisch gebackenen Brötchen lag in der Luft.

Wir überquerten die menschenleere Straße und stiegen bergauf in den Wald. Hier stimmten die Vögel ihr Morgenkonzert an.

Am Gipfel angekommen, sah ich weit unten unser Hotel und den Kurpark liegen. Auf der Hauptstraße war es noch sehr ruhig. Ich sah auf dem gegenüberliegenden Berghang große Hotelanlagen.

Die Hunde tobten sich im Wald aus. Nach einer halben Stunde trafen wir wieder im Hotel ein. Die Vierbeiner fielen erschöpft auf ihre Lager und für mich begann der erste Kurtag.

Drei Anwendungen warteten auf mich. Zuerst bekam ich einen heißen Stein zum erweichen der Muskeln auf den Rücken gelegt, danach erfolgte die Massage.

Vier Gasspritzen, je eine in den Rücken rechts und links und dann in den Allerwertesten rechts und links und zuletzt durfte ich mich im Gassack ausruhen.

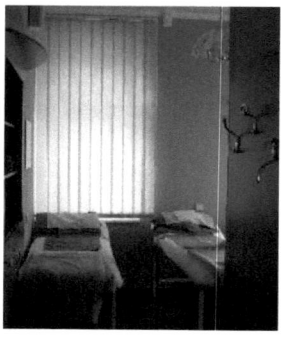

Ähnliches, auf ihren Befund zugeschnitten, musste meine Mutter auch absolvieren.

Ab acht Uhr konnten wir uns ein kräftiges Frühstück am Bufett allein zusammenstellen. Die Tische waren alle noch leer, als wir den Speisesaal betraten. Nur im Gastraum saßen zwei Frauen an einem Tisch.
Zuerst kam der Herr vom benachbarten Ecktisch. Er hatte etwas majestätisches an sich. Er kam nicht, er erschien.

Mit einem herzlichen "Guten Morgen" gesellte sich auch seine Tischnachbarin zu uns.
Fröhlich plaudernd kamen die drei Damen vom großen Tisch die Treppe herunter, sie nickten uns grüßend zu.

In Ruhe nahmen alle das Frühstück ein. Dann hatten es alle plötzlich sehr eilig. Die ersten Anwendungen begannen, der Raum leerte sich sehr schnell, auch wir mussten uns sputen. Unsere Termine waren so abgestimmt, dass immer einer im Zimmer bei den Hunden sein konnte.

Hallo Chefin Jana,
das war eine Spitzenleistung!

In der Kurabteilung sah ich alle in verschiedene Räume gehen.
Ich arbeitete, im Wechsel mit meiner Mutter, meinen Tageskurplan ab. Die Massage war toll, die Gasspritzen sahen schlimmer aus, als sie letztendlich waren. Die Therapeutin verstand ihr Handwerk hervorragend.
Gleich danach steckte sie mich in einen Gassack und zwei weitere Kurgästinnen mit. Zur Erklärung. Wir mussten uns ausziehen und in einen Plastiksack steigen. Dieser wurde über der Brust verschnürt. Mit einer großen Spritze, die an einer größeren Gasflasche hing, füllte die Therapeutin den Sack. Wir lagen aufgepläht rum und warteten was passiert. Es war etwas langweilig, keiner sagte ein Wort. Nachdem das Gas entwichen war, durften wir wieder aussteigen und uns anziehen. Endlich hatten wir Freizeit. So verging der Vormittag im Flug.

Diese Prozedur lies ich 14 Tage über mich ergehen im Wechsel mit der Reihenfolge der Anwendungen. Da ich an keinem mir bekannten körperlichen Gebrechen leide, war das eher eine Prophylaxe. Anders verhielt es sich bei meiner Mutter, ihre Anwendungen waren intensiver und auf ihre Krebserkrankung abgestimmt.

Nach einem Mittagssnack, bestehend aus Suppe und Salat, und einer Gassirunde fielen wir todmüde ins Bett.

Wie es Tradition ist, war die Oma 14.00 Uhr wach, um ihre Lieblingsserien sehen zu können. "Rote Rosen" und "Sturm der Liebe"
Dabei gab es kein Problem, denn die Zimmer waren mit deutschsprachigen Fernsehsendern ausgestattet. Im Notfall hätten wir die Sendungen auch über das Internet sehen können, denn das Hotel verfügt über eine gute Wlan - Verbindung.
Nachdem gegen 16.00 Uhr die Serien zu Ende waren und wir vor Neugier, die nächste Sendung gar nicht erwarten konnten, mussten wir uns ablenken..
Die Fernsehmacher hatten es gut verstanden mit "chliffhanger" (Spannungsbögen) die Omis nach noch mehr Soaps (Seifenopern)süchtig werden zu lassen und damit die Einschaltquoten zu

steigern. Rentner sind auch hier zukünftig die wachsende Bevölkerungsgruppe.

Unsere Vierbeiner wurden unruhig, sie hatten die Sonne in der Nase, die schon kräftig in unsere Fenster schien.

Also galt es für uns drei, dieser unsere Aufwartung zu machen.

Ich entdeckte hinter dem rechten Seitenflügel zum Park hin, Bänke und Biertische.

Ich nehme an, dass hier in der Saison ein Sommergarten mit Bedienung und Musik ist.

Feli wälzte sich vor Begeisterung im Restschnee und Shyra suchte unter der Schneedecke frische Grashalme.

Ich lief zum Fenster, das zum Park hinausging und informierte die Oma von der Sitzgelegenheit in der Sonne. Wenig später kam die Oma tatsächlich mit ihrem Stock angewackelt.

Unsere Oma ist ein Schlitzohr, wenn sie denkt wir sehen es nicht, ist sie meist gut zu Fuß. Wenn wir hinschauen, dann läuft sie bemitleidenswert unsicher.

Darüber haben sich die drei lustigen Damen in der Folge auch immer amüsiert, denn des Öfteren vergaß die Oma ihren Stock im Speisesaal und war sehr schnell die Treppe hinunter ins Zimmer geeilt.

Ich kann sie ja irgendwie verstehen. Im allgemeinen höre ich sehr schwer, aber genau das, was nicht für mich bestimmt ist, höre ich auch sehr genau.

Wir genossen die letzten Sonnenstrahlen, da sah ich die blonde Frau vom Ecktisch den Berg heraufkommen. Auch sie hatte uns und unsere Hunde entdeckt. Sie steuerte auf unseren Gartentisch zu, um uns zu begrüßen und die Hunde zu streicheln. Unsere Tischnachbarin hatte bis jetzt nicht wahrgenommen, dass wir mit zwei Hunden angereist waren.
Die Frau stellte sich als Geli aus Leipzig vor. Auf meine Frage, wo sie ihren Gatten gelassen habe, lachte sie und sagte.
"Der Herr ist nur mein Tischnachbar. Weil wir allein angereist waren, hat uns Jana an einen Tisch gesetzt."

Nun verstand ich, warum die nette Geli am Morgen die Treppe herunter gekommen war, während ihr Tischnachbar von einem Zimmer neben der Küche kam. Wir unterhielten uns angeregt über unsere ersten Erfahrungen mit unserer Unterkunft und der Kuranwendung. Geli erzählte uns, dass sie am Nachmittag einen Rundgang durch das Zentrum von Marienbad unternommen hat und alles sehr gut und schnell von unserem Hotel zu erreichen ist.

Da kam mir die Idee gleich am nächsten Tag Wasser von der Quelle zu holen, als Trinkkur, die die meisten Mineralien hat.

Wir tauschten uns auch über die gute Betreuung aus. Ich fragte Geli, ob sie wisse, was der Name "Saint Antonius" zu bedeuten hat.
Sie machte mich auf die Statue von Saint Antonius aufmerksam, die am Eingang der Gaststätte steht. Diese hatte ich bisher noch nicht gesehen.

Zum Abendbrot waren alle schon anwesend, bei den drei Damen ging es wieder lustig zu und Geli unterhielt sich angeregt mit ihrem Tischnachbarn. Alle begrüßten uns freundlich. Jana schmunzelte wieder, als sie uns einen Gang nach dem anderen servierte, vor allem wieder bei der Süßigkeit.

Nach dem Abendessen hatte ich mir vorgenommen, Saint Antonius einen Besuch abzustatten. Die Hunde freuten sich auf ihre Gassirunde und zeigten mir das auch mit kleinen Schmeicheleien, wie Küsschen und Pfote geben. Wir stiegen wieder den Berg zum Wald hinauf, danach nahm ich diesmal die rechte Abkürzung, um genau zum Gaststätteneingang des Hotels zu gelangen, wo ich Saint Antonius vorfand.

Es war berührend, wie liebevoll der Mönch auf das Kind in seinen Armen schaute.

Mit diesem Bild im Kopf ging ich schlafen.
In der Nacht träumte ich von dem Kloster, in das ich vor 20 Jahren die Hilfsgüter für die Waisenkinder gebracht hatte. Das Kloster Osek liegt am Berghang unmittelbar hinter Zinnwald, es wird jedoch, nach dem Tod des letzten deutschen katholischen Abtes, nicht mehr betrieben.

Am nächsten Morgen wiederholte sich die Prozedur, wie am ersten Tag. Wir Kurgäste wurden immer offener zueinander. Inzwischen wußte ich, dass die drei lustigen Frauen Sudetendeutsche und eine Slowakin waren, die als Flüchtlinge bettelarm in Stuttgart ein neues Zuhause gefunden haben.

Der Tischnachbar von Geli stellte sich als Max vor, ein ehemaliger bayrischer Bierbrauer, der sich für eine Brauerei in Ostdeutschland eingesetzt hatte. Er war sogar zu seiner Lebensgefährtin nach Ostdeutschland gezogen. Leider musste seine Lebensgefährtin zu Hause die Tiere betreuen und konnte deshalb nicht zur Kur mitfahren. Für Max war es ein Trost, wenn er sagte: "Sie kommt mich ja abholen, da können wir noch etwas unternehmen!"

Bei der Behandlung im Gassack lagen wir auch nicht mehr stillschweigend nebeneinander. Die Frauen aus Stuttgart erzählten von ihrer Flucht und ihren schweren Anfang in der Fremde. Geli sprach von ihrer Mission, ihrer kranken Freundin beizustehen und über ihre Sorge, die Freundin allein gelassen zu haben.
Na und die Oma erzählte wieder einmal allen gleich ihre gesamte Lebensgeschichte, da kam keiner mehr zu Wort.

Da ich diese Geschichten schon des Öfteren gehört hatte, machte ich mich aus dem Staub und zog es vor mit den Hunden wandern zu gehen.

Jeden Tag besuchten wir beim Gassigehen Saint Antonius. Eines Abends nutzte ich das Wlan und begann über Saint Antonius zu recherchieren.

5. Saint Antonius

Viele Künstler, Maler und Bildhauer schufen in der Vergangenheit verschiedene Abbildungen des heiligen Antonius.

Saint Antonius wird als barfüßiger Franziskanermönch häufig mit einem Buch in der Hand und dem auf seinem Arm sitzenden Jesuskind neben weißen Lilien, dargestellt.

Antonius von Padua wird in der katholischen Kirche als Heiliger verehrt und ist als Wundertäter bekannt. Ihm wird zugesprochen, dass er verlorene Dinge wiederfindet. Alltägliche Sachen aber auch verlorene Gesundheit und den Glauben.

So soll er auch der Schutzpatron der Reisenden und Sozialarbeiter sein. Antonius wird auch angerufen bei Unfruchtbarkeit, Fieber, Tierkrankheiten und natürlich verlorenen Sachen, deshalb wird er auch scherzhaft "Schlampertoni" genannt.

Antonius soll schon bei der Partnersuche geholfen haben, deshalb werden immer mehr Singlewallfahrten nach Padua angeboten. Er soll weiterhin für gute Geburten, zum Älterwerden oder zu einer guten Ernte verhelfen. So gilt er auch, als der Schutzheilige von Frauen und Kindern, der Liebenden, der Ehe und der Tiere.

Antonius sammelte ganz gezielt Spenden für die Armen.

Der Papst sprach Antonius von Padua, auf Grund seines Wirkens und der durch die Kurie des Vatikans überprüften Wunder, schon elf Monate nach seinem Tod heilig.
Saint Antonius wurde als Fernando von Buglior am 15 August 1195 in Lissabon/Portugal geboren. Er entstammt einer einflußreichen portugisischen Adelsfamilie. Fernando wuchs mit zwei Schwestern und zwei Brüdern auf. Die Eltern hatten keine Zeit für seine Erziehung, der Vater war Politiker und die Mutter wirkte aktiv in der Kirche mit. Deshalb war der Großvater seine Bezugsperson. Von ihm erlernte er alltägliche Dinge, wie das Schlachten von Wild und Nutztieren. Gemeinsam gingen sie auf die Jagd. Eines Tages nahm der Großvater den zehnjährigen Knaben zu einer Wolfsjagd mit. Fernando trieb mit anderen Knaben mit Rasseln die Wölfe vor sich her, damit die Jäger, darunter sein Großvater, eine gute Schußposition erlangten. Bei der Treibjagd verlief sich Fernando im Wald und hörte nach einiger Zeit das Jagdtreiben nicht mehr. Es dämmerte bereits und immer noch stolperte der Knabe durch das Dickicht. Fernando zerschnitt mit seinem Messer das Wams, zerteilte es in kleine Streifen und ließ es hinter sich auf den Weg fallen,

danach zerschnitt er sein Unterhemd und dann die Unterhosen bis er splitternackt war. Er war sich sicher, dass ihn der Großvater auf dieser Spur finden würde.

Völlig erschöpft und frierend tastete er sich im dunklen Wald durchs Gebüsch, dabei trat er in eine Wolfsfalle und wurde ohnmächtig.

Als Fernando nach Stunden erwachte, lag er auf dem Lager seines Großvaters, der ihn im Wald gefunden hatte.

Neben dem ohnmächtigen Knaben wachte und wärmte ihn ein Bär, der davontrottete als er den Großvater kommen sah.

Bei diesem Jagdausflug verlohr Fernando in der Wolfsfalle seinen kleinen Zeh am rechten Fuß.

Fernando war 15 Jahre alt als sein Großvater starb. Der Großvater hatte sich, gegen den Willen seiner Familie, eine farbige Geliebte ins Haus geholt. Die Geliebte hatte eine Tochter in Fernandos Alter, in die sich Fernando verliebte. Er wollte nach dem Tod seines Großvaters seine Geliebte und deren Mutter beschützen. Das wußten seine Eltern zu vereiteln.

Mit Duldung des Vaters und dem Segen der Mutter trat er in das Kloster seines Onkels ein.

Eifrig lernte er die Briefe des Paulus in nur fünf Tagen auswendig. Und er betete gegen seine Hochmut, die immer mehr von ihn Besitz nahm, geschuldet seiner gehobenen Herkunft.

Zu seiner Hochmut, gesellte sich noch ein jugendlicher Übermut.

Fernando war bestrebt die Wahrheit herauszufinden, deshalb beschäftigte er sich intensiv mit der Heiligen Schrift.

Die Klosterbrüder gingen ihm aus dem Weg, sie hassten ihn für seinen Wissensdurst. Fernando brachte sein Leben und das der anderen Klosterinsassen mächtig in Unordnung. Er galt als überintelligent, alle Neider selbst der Abt wollten an seinem Wissen teilhaben. Darüberhinaus verfügte Fernando über ein außerordentliches Gedächtnis, eine gute Auffassungsgabe und Redegewandheit.

Fernando fühlte sich bei den Augustinern nicht wohl, deshalt trat er 1220 dem Franziskaner Orden bei. Er studierte in Lissabon und empfing die Pristerweihe. Damit übernahm er den Namen des spätantiken Wüstenvaters "Antonius" des Eremiten an. Am darauf folgenden Pfingsfest sollte er bereits seine erste Predigt halten. Man gestand ihm dafür nur eine Nacht Vorbereitungszeit zu.

Nach der Predigt wurde es still in der Kirche, sogar die Ziegen standen starr. Alle, selbst die Fliegen an den Wänden verharrten inständig. Das Gebälk knarrte nicht und der Putz rieselte nicht von der Decke.

Der Bishof und die Mönche hielten die Luft an. Nie zuvor hatten sie einen Geistlichen so lebendig und einfühlsam reden hören. Viele Gläubige suchten in der Folge in Scharen seine Messen auf.

Danach zog Antonius als Missionar nach Marokko. Auf Grund einer schweren Erkrankung musste er Afrika verlassen und strandete mit seinem Schiff, auf Grund eines Sturmes in Sizilien. Dort lebte Antonius als Einsiedler.
Im Jahr 1221 begegnete er Franz von Assisi. Diesem fiel Antonius, auf Grund seiner außergewöhnlichen Redegewandtheit auf. Kurze Zeit darauf wurde Antonius vom Vatikan erlaubt, Vorlesungen für Theoligie auf der Universität in Bolognia zu halten.

Antonius zog es im Jahr 1225 nach Südfrankreich, doch nach kurzer Zeit kehrte er nach Oberitalien zurück und wirkte dort als Bußprediger.

Bei einem Konzil, zu dem der Papst persönlich eingeladen hatte, sollte Antonius sprechen. Anwesend waren unter anderem, der Kaiser des römisch-katholischen-deutschen Reiches, der Kaiser von Konstantinopel, die Könige von Aragon, Frankreich, Ungarn, England, Zypern,

Jerusalem, Afrika sowie Patriarchen, Bischöfe und Kardinäle aus der ganzen Welt.
Hatte Antonius lateinisch gepredigt?
Nein, und doch verstanden ihn alle!
Antonius wollte alle erreichen, deshalb sprach er zu ihren Herzen in der jeweiligen Muttersprache.

Die Kunde von diesem Wunder und andere verbreiteten sich schnell in der ganzen Welt. Viele Kranke, Liebende und die mit verlohrenen Dingen, wollten die Predigt von Antonius persönlich hören, um ihr Seelenheil zu finden und ihre Sorgen los zu werden.

Für seine Zeit prägte Antonius noch heute relevante Worte So schrieb er im Vorwort zu seiner Predigtsammlung;

" Unsere Zeit ist durch das hohle Wissen ihrer Leser und Zuhörer so weit gekommen, dass sie des Lesens überdrüssig wird und sie nur ungern zuhören, wenn sie nicht gewählte, wohlüberlegte und modern klingende Worte lesen oder hören. Darum habe ich gewisse naturwissenschaftliche Erörterungen über Dinge und Tiere und Namenserklärungen auf das sittliche Leben gedeutet und in mein Werk aufgenommen"
(Saint Antonius zu Padua)

Aus Erschöpfung zog sich Antonius im Jahr 1230 von all seinen Ämtern zurück. Zu Ostern 1231 reiste Antonius noch einmal nach Padua, um zu predigen. Er war schon sehr leidend, nahm in der letzten Stunde seines nahen Endes keine Nahrung und Flüssigkeit mehr zu sich.

Am Tag seines Todes ereignete sich etwas Sonderbares. Der Prior wollte Antonius einen Besuch abstatten und nach dessen Befinden fragen. Da sah der Geistliche durch den Türschlitz vor dem Raum des Sterbenden, ein unbeschreiblich helles Licht. Er glaubte ein Feuer habe sich ausgebreitet und öffnete spontan die Tür.

Da sah er Antonius mitten im Raum stehen umgeben von einem übernatürlich schönen Lichtschein. Antonius stand völlig gesund barfüssig da, ihm fehlte am rechten Fuß die kleine Zehe, im Arm hielt er das Jesuskind, das auf einem Buch zu sitzen schien. Antonius Blick war liebevoll auf das schöne Kind gerichtet, im Raum blühten weiße Lilien.

In dieser Nacht am 13. Juni 1231 starb Antonius in einer Einsiedelei in der Nähe von Padua/Italien, nach seiner Predigt in der er allen Anwesenden ihre Sünden absprach.

Völlig benommen nach diesen Informationen, nahm ich nochmals meine Hunde zu einer kleinen Gassirunde mit. Ich wollte Saint Antonius noch einen Besuch abstatten. Es ist völlig verständlich, dass ich insbesondere den rechten Fuß in Augenschein nahm.

Warum?

Meine Einstellung zu diesem Kurhotel hatte sich mit einem Schlag geändert, ich sah in Jana und ihrem Team, die Erfüllungsgehilfen von Saint Antonius.

Bisher war es mir gar nicht so sehr aufgefallen, aber alle sprachen deutsch bzw. verstanden meine Sprache und gingen ohne viele Worte auf unsere Wünsche ein.

Nur ein einziges Mal wurde unsere Harmonie gestört. An dem langen Tisch neben der Treppe war am Wochenende für zwei Personen eingedeckt worden. Ohne Gruß erschien eine Dame, die von sich und ihrer Schönheit sehr überzeugt war. Sie hat wohl die neueste Mode getragen. Diese Mode ist etwas für Leute mit keinem Geschmack, stellten wir alle kopfschüttelnd fest. Das Erscheinen dieser Dame war uns auf den Magen geschlagen, im

Raum war es still, nur die Geräusche vom Gastraum drangen zu uns herüber.
Die Dame flüsterte mit ihrem Begleiter und dann verschwanden die Beiden grußlos.

Es war für uns wie eine Befreiung, die drei Damen am langen Tisch lachten wieder und Max berichtete seiner Tischnachbarin, dass er auf den Besuch seines Freundes wartet. Das Essen war heute besonders schmackhaft. Wir haben die Dame nie wieder gesehen.

Max mußte nicht lange warten, dann erschien sein Freund. Sie hatten sich bei einem Kuraufenthalt im gegenüberliegenden Kurheim Villa Regent kennen gelernt und gemeinsam einiges unternommen.

Max, der ehemalige Bierbrauer, hatte sich vorgenommen in die Familienbrauerei "Chodovar" zu fahren. Fast jeden Abend tranken wir das köstliche Bier dieser Brauerei. Max wollte mit den Eignern plaudern und mit seinem Freund, in dem wunderschönen historischen Areal der Brauerei, in einer in Granitfelsen gehauenen Lagerhalle aus dem zwölften Jahrhundert, einen netten Abend genießen.
Am nächsten Morgen erzählte uns Max von dem gelungenen Abend und machte uns

neugierig, auch einmal in das stilvolle Restaurant, das sich im 800 Jahre alten Bierkeller befand, mit einem Biermuseum, zu fahren.

Max zog es natürlich ins Berrarium, die Welt der Biertechnologie. Er tauchte in die Welt des Bierbrauens ein und hinterfragte einige ortsspezifische Geheimnisse der Braukunst

.Max machte uns den Mund wässrig nach dem schmackhaften Bier und verriet uns, dass sich im historischen Keller des Bierhotels ein echtes Bierbad befindet. Er erklärte, dass es sich hierbei um eine Erholungstherapie handelt, also Entspannungsbäder, Massagen und warme Packungen. Wobei das Heißbad Mineralwasser, das einzigartige dunkle Badebier, Hopfen, eine Heilkräutermischung und Bierhefe mit verjüngender Wirkung enthält.

Er konnte bejahen, dass das Ziel der Prozedur, die Harmonisierung der Funktion des menschlichen Organismus und eine geistige Erholung bei den Personen, die es benutzt haben, zu verspüren war.

Das machte uns neugierig und wird ganz oben bei unserer Ausflugsplanung bei unserem nächsten Besuch im Kurhotel Saint Antonius stehen.

An diesem Samstagabend ereilte mich nach dem Abendessen eine menschliche Katastrophe. Beim hinuntersteigen zu unserem Zimmer knirschte es plötzlich in meinem Mund.
Ich bin nun einmal nicht mehr neu und muss mich auch mit Ersatzteilen zufrieden geben. Und eins meiner Ersatzteile ist meine Zahnprothese. Ich stellte fest, dass mein Stiftzahn ausgebrochen war und nun in der oberen Prothese steckte.
Notzahnarzt in Tschechien und das am Wochenende, das wollte ich mir nicht antun.

Am nächsten Morgen erzählte ich Jana von meinem Handicap und dass ich vorrübergehend nur Suppe essen kann.
Sie lächelte wohlwissend: "Kein Problem, ein guter Zahnarzt ist gleich am Kurpark, in der Nähe der Oblatenfabrik."

Da wußte ich Bescheid, das waren ja nur zehn Gehminuten vom Kurhotel entfernt, ich musste nur noch einen Tag und eine Nacht überstehen.

Die Hunde hatten vollstes Verständnis, dass die Gassirund heute völlig und weitab von der Zivilisation in den Wald verlegt wurde und sehr lange ausfiel. Am Abend fielen wir todmüde, ich etwas hungrig, ins Bett und wer schläft merkt nicht, dass etwas fehlt.

"Lieber Saint Antonius hilf mir, das es nicht weh tut und nicht so teuer wird!"

Ohne Probleme wurden am Montag meine Kuranwendungen verschoben.

Gegen 8.00 Uhr stand ich als erste Patientin in der Zahnarztpraxis. Ich gab meine Karte und die Dose mit dem guten teuren Stück ab und erklärte meine missliche Situation.

"Einen Moment bitte, setzen sie sich in den Warteraum!", war die freundliche Aufforderung der Schwester.

Inzwischen füllte sich der Warteraum, die Patienten waren ausgespochen mitteilsam, ich konnte und wollte mich nicht an ihren Gesprächen beteiligen.

Als Erste wurde ich aufgerufen. Ein sympatischer Arzt, mit etwas längeren graumelierten Haaren saß da und schmunzelte.

Er bat mich auf seinem Folterstuhl platz zu nehmen.

Zuerst züchtigte er eine Angestellte, die ihn genervt hatte, das konnte ich ihrer kläglichen Stimme entnehmen. Sie tat mir leid.

Der Mann tat das als Lapalie ab, er sagte auf deutsch: "Alles Chaoten!"

Der Zahnarzt zog gekonnt mit einer Zange den Stiftzahn aus der Prothese. Dann blies er mir Luft in den Mund und bat mich diesen auszuspülen.

Er lies von seiner Helferin Zement anrühren, verstrich es in meinem Mund. Dann pustete er den Stiftzahn mit Luft ab.

Irgendetwas erschreckte ihn und er lies meinen Stiftzahn herunterfallen. Nachdem er diesen aufgehoben hatte, steckte er ihn in das vorbereitete Zementbett in meinen geöffneten Mund.

Hätte ich meinen Mund nicht schon offen gehabt, dann wäre er bestimmt jetzt offen gewesen!

Vorgeschichte
Die neue Prothese hatte ich mir als Diplomarbeit von Zahnarztstudenten im Uniklinikum in einer einhalbjährigen Studienzeit herstellen lassen.
Die Studenten und Professoren desinfizierten bei jedem neuen Arbeitsgang meinen Mund und die Prothese.
Natürlich hatte ich am Ende eine excelente preisgünstige Diplomprothese und selbst sehr viel dabei gelernt.

Nachdem der Zemet fest war, konnte ich den Folterstuhl wieder verlassen. Die Schwester kassierte von mir 20,00 €. Ich war hin und hergerissen, als Privatpatientin so wenig bezahlt zu haben. Dann musste ich über die Worte des Zahnarztes lachen. "Alles Chaoten!"

(PS.: Die Krankenkasse erstattete mir 10 €, mit der Begründung der Zahnarzt sei zu teuer gewesen, er habe sich nicht an die Absprachen gehalten!)

Ich wurde von allen zum Mittagssnack erwartet. Die drei Damen erklärten mir, zukünftig hätte ich keine Probleme mehr mit diesem Zahn, denn der tschechische Zement sei besser, als alles andere!

Wir warteten nun alle, ob mir die Unachtsamkeit des Zahnarztes gesundheitlich geschadet hatte, nach drei Tagen traten bei mir immer noch keine Symtome auf. Die Prothese nebst Stiftzahn saßen wie angegossen.

Weil Geli sehr besorgt um mich war, schlug ich ihr vor einen Zeichennachmittag einzulegen.
Sie war der Ansicht, dass sie nicht zeichnen könne.
Wir fuhren zuerst zum Kaufland um Buntstifte und Papier zu kaufen.
Wer das Kaufland in Deutschland kennt muss deutliche Abstriche machen. Hier ging alles viel gemütlicher zu. Das Auffüllen der Regale wurde nicht so konsequent betrieben, wie wir es gewohnt waren und leere Kartons lagen überall herum.
Aber eins lies mich erstaunen, der Scanner an der Kasse erkannte sofort unsere Nationalität und forderte uns auf deutscher Sprache auf, unsere PIN einzugeben, auch wurde umgehend die Summe in EURO ausgewiesen.

In Deutschland wird das Geld der tschechischen Kunden nicht in tschechische Kronen umgerechnet.
Am Nachmittag saßen wir mit den Hunden an unseren Biertischen mit Blick zum Kurpark in der schönsten Sonne.

Inzwischen war der letzte Schnee weggetaut und die Wiese war trocken, Blumen steckten zaghaft ihre kleinen Köpfe aus der Erde.

Auch unsere Oma wollte ein Bild von dem großen Baum malen, den wir uns als Objekt ausgesucht hatten. Geli malte einen ganz tollen Baum, wofür sie am Abend von Max gelobt wurde.

Max war wieder einmal zu einem Ausflug aufgebrochen. Er wandelte auf den Spuren von Goethe. So besuchte er die Burg Loket.

Loket ist nicht weit von Marienbad entfernt und liegt an dem Flüsschen Eger. Das hier einen scharfen Knick macht. Das hier wie ein Elbogen, also ein Loket aussieht. Am romatischsten ist es nach Loket mit der Kleinbahn, durch das kurvenreiche Tal allmählich zu fahren.

Hoch oben über der Stadt trohnt die Burg mit ihrem schwarzen Turm und dem sagenumworbenen Folterkellermuseum. Natürlich gibt es in Loket eine Brauerei "Sankt Florian".

Goethe weilte von Karlsbad oder Marienbad kommend mehrmals in Loket.

So verliebte er sich im Jahr 1821, während eines Kuraufenthaltes in Marienbad in die siebzehnjährige Ulrike von Levetzov.

Er verspürte eine große Leidenschaft zu der jungen Frau.

Goethe veranlasste den Großherzog Karl August von Sachsen – Weimar – Eisenach, in seinem Namen um die Geliebte zu werben.

Ulrike von Levezov verspürte keine Lust zu heiraten, deshalb lehnte sie den Heiratsantrag ab. Sie blieb bis zu ihrem Lebensende mit 94 Jahren unverheiratet.

Ulrike liebte den 80jährigen Goethe wie einen Vater und bestritt eine Liebesbeziehung zu ihm. Goethe konnte diese Kränkung bis zu seinem nahen Tod nicht verwinden.

Entspannt saß ich an diesem erlebnisreichen Tag am Abendbrottisch. Völlig ausgehungert, nach zwei Tagen nur Suppe essen zu können, wartete ich auf mein Essen.

Es dauerte heute verdammt lang, ich begann Fingerübungen zu machen, die mir mein Keybordlehrer aus dem Internet empfohlen hatte. Max beobachtete mich und zeigte mir von seinem Ecktisch, wie gelenkig seine Finger noch waren. Das sahen die drei Frauen vom langen Tisch und zeigten mir Fingerspiele. Jeder machte Jedem alles nach, es herrschte eine tolle Stimmung als Jana mit den Tellern in der Hand in den Raum trat. Sie sah, das wir alle die Hände oben hielten und schüttelte lächelnd den Kopf.

Ich bekam als Erste meinen langersehnten ersten Gang, ... Suppe! Nein nicht schon wieder Suppe.

Alle lachten, als sie meine verzweifelte Miene sahen.

Am langen Tisch neben der Treppe war wieder für zwei Personen eingedeckt. Ein Ehepaar kam die Treppe herunter, es grüßte freundlich. Die Frau meinte gleich, da kommen wir ja in eine lustige Gesellschaft. Der zweite Gang entschädigte mich für die lange Wartezeit. Gleich nach dem dritten Gang – natürlich wieder eine leckere Spezialität, stellten sich die Neuankömmlinge vor.

Sie waren kein Ehepaar, sondern Wohnungsnachbarn aus Dresden – Nickern.

Wir tauschten uns über das Wetter in Dresden und die Anreiseroute aus. Die Neuen gefielen uns, sie schienen sehr umgänglich zu sein, eben richtige gemütliche Sachsen.

Am Abend nach der Gassirunde zu Saint Antonius dachte ich im Bett, dass der Tag der so chaotisch begonnen hatte, außergewöhnlich schön geworden war.

Sollte es wahr sein, wenn man Saint Antonius anruft, dann hält er seine schützende Hand über denjenigen.

Ich machte die Gegenrechnung;

- ich hatte keine Schmerzen,
- es war auch nicht zu teuer gewesen,
- wir Frauen hatten einen schönen Tag, insbesondere beim malen,
- die Reisenden, also die Neuankömmlinge kamen gesund an,
- und dann waren wir alle mit unseren Fingerspielen recht harmonisch und übermütig!

Vieles was ich über Saint Antonius gelesen hatte traf ein.

6. Hundekur

Ist der Hund gesund freut sich der Mensch, oder ein Leben ohne Hund ist ein Irrtum, sagte schon Heinz Rühmann.

Unsere Gassirunden wurden immer länger. Morgens stiegen wir den Berg hinauf in den Wald. Dann bogen wir rechts ab zu den großen Villen. Gegenüber vom Kurhotel San Remo, wo schon Albert Schweizer abgestiegen war, hing eine Vorrichtung, wo ich mir Hundetüten herausnehmen konnte. Die Einrichtungen gab es überall in Marienbad, obwohl der Hundespaziergang auf der Kollonade verboten ist.

Im Speisesaal vom San Remo deckte das Personal die Tische ein. Als sie unsere Karawane sahen, winkten sie uns aus dem Fenster zu. Wir nahmen eine Abkürzung über den kleinen Sportplatz zum Kurpark, der um diese Zeit noch menschenleer war. Eine Angestellte von einem anderen Hotel, die uns an jedem Morgen begegnete, grüßte uns freundlich. Die Hunde zogen mich über die Wiese zum Bach, um da zu trinken und ein Fußbad zu nehmen. Den beiden schmeckte das Wasser vorzüglich, deshalb integrierten wir den Besuch am Bach in unsere Gassirunde.

Unsere Spaziergänge wurden immer ausgibiger, erst stiegen wir den Berg hinauf in den Wald, dann wieder hinunter zum Bach und dann wieder den Berg hinauf zum Hotel.

Wir wurden immer aktiver, denn uns bekam die Kur sehr gut.

Die Quelle des Baches, der durch Marienbad fließt, befindet sich vier Kilometer nördlich im Kaiserwald. In diesen Bach fließen die meisten Heilquellen. Es ist unglaublich, dass der Bach später einmal in die Berounka, in die Moldau, in die Elbe und dann in die Nordsee fließt.
Wahr ist, dass die Hunde bei unserem Kuraufenthalt eine Trinkkur und eine Kneipkur absolviert haben.

In der Folgezeit konnten wir feststellen, dass beide einen gesegneten Appetit hatten, sie (9 und 11 Jahre) sehr aktiv wurden und ihre Felle glänzten.

Also stimmt es auch, dass Saint Antonius der Schutzpatron der Tiere ist!

Ich konnte meine Mutter überreden, am Nachmittag nach ihren Fersehserien einen Spaziergang ins Kurparkrestaurant zu unternehmen. Die Oma ging schon los und ich kam später mit den Hunden hinterher. Die Hunde tranken erst im Bach, dann sahen sie die Oma im Sommergarten der Gaststätte, auf der gegenüberliegenden Seite des Baches, sitzen.

Natürlich wollten die Hunde sofort zur Oma und das gleich über den Bach mit mir an den Leinen. Shyra hatte schon die Mitte des Baches erreicht, dann reichte die Leine nicht mehr.

Ohne Rücksicht auf Verluste zog sie weiter nach vorn und ich musste wohl oder übel ein ungewolltes Bad nehmen. Zum Glück war der Bach hier nicht tief. Die kleine Feli folgte unbeirrt der Großen und war mit ihrer längeren Flexileine erfolgreicher, aber sie kam die Böschung nicht hinauf.

Nachdem mir die Leine von Shyra entglitten war und ich wieder Boden unter den Füssen hatte, überlegte sich Shyra wer ihr Frauchen ist und kam, die Kleine im Schlepptau, pflichtbewußt zurück. Shyra sah mich mit ihren treuen dunklen Hundeaugen flehentlich an, da konnt ich ihr nicht länger böse sein.

Ich brachte die Hunde ins Hotelzimmer, zog meine nasse Kleidung aus und duschte mich heiß ab. Da schliefen die zwei selig auf ihren Lagern ein. Ich lief wieder zur Gaststätte im Kurpark am Bach, um die Oma abzuholen. Ihr hatte das alles nicht geschadet, sie war im Gespäch vertieft mit den Neuen aus Dresden – Nickern und hatte bereits ein Törtchen für mich als Entschädigung bestellt.

7. Langes Abschiednehmen

Zuerst mußte Geli abreisen. Wir waren alle traurig und begleiteten sie zum Bus. Dann warteten wir, bis am Abend endlich eine Email von ihr mit der Nachricht kam, dass sie gut zu Hause angekommen war.

Jana deckte unseren Tisch mit drei Gedecken ein und so saß Max nun an unserem Tisch. Er erzählte uns von einem Bekannten, der als Flüchtling aus dem Sudetenland nach Bayern kam, weiter nach Amerika ging und dort reich wurde. Der Mann hat darüber ein sehr interessantes Buch geschrieben.

Max kam auf das Thema zu sprechen, weil die drei Frauen vom langen Tisch und die zwei Schwestern aus Heidelberg auch Flüchtlinge aus dem Sudetengebiet waren und bettelarm nach Westdeutschland kamen, aber nicht so ein großes Glück hatten, wie der Mann in Amerika.

An seinem Tisch hatte inzwischen ein Ehepaar aus Brandenburg Platz genommen, das gut zu uns passte. Ich hatte sie bereits am Vormittag bei den Behandlungen getroffen. Mit den zwei neu angereisten Frauen, wurde ich in die Gassäcke gesteckt. Sie berichteten über ihre Probleme, Erlebnisse und Familien in der Heimat. Die Zeit verging wie im Flug.

Vor dem Gasspritzenzimmer warteten inzwischen ihre Männer. Obwohl ich später kam, liesen mich die Männer zuerst ins Spritzenzimmer, "ganz Gentleman!"

Die Therapeutin lachte, wohl ahnend, wer mehr Schmerzen verträgt, wenn es auch gar nicht weh tat.

Ich ging danach noch einmal zur Kollonade um Quellwasser für die Heimfahrt zu holen. Da entdeckte ich unterhalb der Kollonade die in Bronze gegossenen Standbilder der Monachen Franz Josef I., Kaiser von Österreich und Edward VII., König von England.

Nun wußte ich, an wem mich Max erinnert hatte, er sah aus wie Franz Josef I.
Das sagte ich ihm auch am Abend. Da mußte Max so kräftig lachen, dass die eine Schwester aus Heidelberg, die gerade die Treppe hinaufgehen wollte, neugierig geworden war.

Wir erklärten ihr, dass Max das Modell für die Bronzestatue des Österreichers war.
Sie musterte Max und meinte: "Ja wenn ich ihn mir genau ansehe, kann ich schon eine Ähnlichkeit entdecken."

Ich rief begeistert, weil sie meine Meinung bestätigte: "Max ich habe doch Recht, wobei wenn ich es mir überlege, du hast nur einen Schnurbart und der Österreicher hat noch einen Backenbart!"

Die anderen Kurgäste hatten inzwischen mitbekommen, das wir die Schwester aus Heidelberg mächtig veräppelt hatten und lachten mit uns. Natürlich haben wir die Frau später aufgeklärt.

Am nächsten Morgen mußten auch wir abreisen. Es wäre ja alles gut gegangen, wenn wir gewußt hätten, dass die Chefin bei der Hotelabrechnung nur Barzahlung und das in Kronen entgegennahm.

Inzwischen war es 20.00 Uhr und ich musste in die Stadt, um die Euro in Kronen umzutauschen. Der Automat tauschte jedoch nur die Hälfte der Summe um, so mußte ich noch einmal mit einer zweiten Kreditkarte zum Automaten und das Restgeld umtauschen.

Shyra begleitete mich, denn ich hatte auf einmal 35 000 Kronen in meiner Tasche. Am nächsten Morgen beglichen wir die Hotelrechnung, denn wir waren mit den Hunden im Hotel Privatgäste gewesen.

Gleichzeitig zahlten wir die Getränke für die ganze Zeit und das waren nur 30,00 €, hatte sich Jana verrechnet? Das war sehr preiswert!

Das Auto war beladen, die Hunde hatten es sich, auf ihren Plätzen angeschnallt, bequem gemacht. Jana stand an der Tür und drückte uns ganz herzlich an sich, auch die anderen

Kurbekanntschaften waren gekommen, um von uns Abschied zu nehmen.

Max drückte uns auch und meinte tröstlich:

"Im nächsten Jahr, zur gleichen Zeit, sehen wir uns wieder!"

Er begleitete unser Auto bis zur Schranke und winkte uns zum Abschied. Auch er sollte wenig später von seiner Lebenskameradin abgeholt werden.

Ich sah im Rückspiegel Saint Antonius, den Heiligen, der auch über die Reisenden wacht.

Nachtrag

Wenige Wochen später erhielt ich von Max ein Päckchen, er hatte mir das Buch, von dem Flüchtling, der in Amerika reich geworden war, geschickt.

Meinen 69. Geburtstag wollte ich allein mit meiner Mutter und den zwei Hunden verbringen.
Wir fuhren von unserem Garten in der Oberlausitz nach Tschechien in Richtung Riesengebirge. Die Oma wollte noch einmal ins Sudetenland, zu dem Haus ihrer Mutter in Niemes, das diese mit ihrer Familie auch verlassen musste.

Wir fuhren in Richtung Reichenberg, bogen nach Gablonz ab und standen direkt am Haus der Großeltern meiner Mutter, in dem sie ihre Kindheit verbracht hatte. Nach einer kleinen Rast vor den Toren von Niemes machte ich noch einen Abstecher ins Kurbad Bad Liebwerda. Hier war ich vor 20 Jahren zur Kur. Ich war von diesem Kurbad sehr enttäuscht. Wir bekamen keinen Kaffee in der Gaststätte, weil wir keine Kronen zum bezahlen hatten. Eine Möglichkeit Geld umzutauschen gab es auch nicht.

Jetzt verstehe ich, warum das Kurbad, Bad Liebwerda nicht mehr bei den Reiseveranstaltern in Deutschland angeboten wird.

Oh, wie waren wir von Marienbad verwöhnt!

Auf der Rückfahrt verfuhr ich mich. Zuerst landete ich in Polen, dann ging es über eine holprige Straße wieder nach Tschechien und nach einem unwegsamen Gelände, sahen wir nach einer Stunde endlich Rumburg. Kurz darauf waren wir in Sluknov. Nach einem kurzen Tankstopp fuhr ich weiter Richtung Grenze.

Da hörten wir die Sirene eines Polizeiautos.
"Bitte Anhalten!"
Was hatte ich falsch gemacht?
Die zwei jungen Polizisten erklärten mir, dass ich ein Stoppschild überfahren hätte und sprachen: "Wir bekommen 80 € von ihnen!"
Das konnte ich mir nicht vorstellen, nach dem Tanken fuhr ich auf eine Straße und mußte die Vorfahrt von der, von rechts kommenden Straße beachten. Das da ein Stoppschild steht, weiß ich erst jetzt! Aber in der Regel halte ich an, nicht nur auf der Hauptstraße, sondern auch, weil rechts vor links gilt.

Ich weiß, dass man tschechischen Polizisten nicht widersprechen darf, sonst wirt es teuer. Ich zeigte ihnen meine 91jährige Mutter und erklärte, dass wir einen Ausflug unternommen hatten. Die Oma trug ein Basecap auf dem Kopf, natürlich verkehrt herum und so sah sie etwas sehr seltsam aus. Die Polizisten schmunzelten und verlangten nur noch 20,00 € und meinen Personalausweis. Ich machte die Polizisten auf meinen Geburtstag aufmerksam, damit handelte ich auf 10,00 € herunter.

PS.:
Wenn ihnen, verehrte Leser, mein Reisebericht gefallen hat und Sie das "Kurhotel mit Herz" persönlich kennenlernen möchten, dann rufen Sie ganz einfach dort an!

Jana Davidová
jednatelka

Anglická 472/6
353 01 Mariánské Lázně

tel.: 00420 354 622 888
00420 602 188 672

fax: 00420 354 620 831

www.saint-antonius.com
email: st-antonius@seznam.cz

IČO: 49192515
DIČ: CZ49192515

HOTEL
SAINT ANTONIUS

Teil 2

Verwöhnhotel Saint Antonius

Zwei Jahre später erreichte mich in der Vorweihnachtszeit eine Postkarte vom Hotel Saint Antonius mit dem Wortlaut: „ Vom Verwöhnhotel Saint Antonius weihnachtliche Grüße. Für 2020 Erfüllung vieler Wünsche, vor allem Gesundheit. Herzlichst Max und Jana.

Ich war hoch erfreut und dann von mir persönlich sehr enttäuscht. So hatte ich das Jahr nach unserem letzten Kurbesuch total vertrödelt. Obwohl ich versprochen hatte, unseren letzten Kuraufenthalt zu Papier zu bringen und dazu noch ein paar Bilder zu malen, fiel es mir erst jetzt wieder ein.

Der Sommer war nach unserem letzten Kuraufenthalt sehr aufregend gewesen. Meine Mutter hat ihren Brustkrebs fast besiegt. Nachdem die Ärzte sie fünf Monate nach der Kur wieder einmal gründlich untersucht hatten, konnten sie das Ergebnis selbst nicht fassen. Der Tumor war von zehn auf ein Zentimeter geschrumpft.

Die Oma wurde von allen Ärzten, die sie die zwei Jahre behandelten, beglückwünscht.

„Glaube versetzt Berge!"

Wir haben an die Hilfe von Saint Antonius geglaubt.

Bei Shyra, unserer größeren Hündin, stellten wir während unseres Kuraufenthaltes eine Geschwulst am Schwanzansatz fest. Auch diese ist in den letzten Monaten kleiner und ganz weich geworden. Deshalb waren wir den Sommer über voll damit ausgefüllt, uns gesund zu ernähren und zu bewegen. Wir alle, Zwei- und Vierbeiner haben unsere Ernährung umgestellt. Wir haben vorwiegend Obst und Gemüse gegessen, kaum Zucker, Fleisch und Weißmehlprodukte.

Die Hunde bekamen selbstgekochtes Futter und viel Vitamine und Spurenelemente, (*so unter anderem Vitamin D3 und K2, B-Vitamine, MSM und Clorella*). Dazu geht die Oma, in diesem Jahr wird sie 93, fast jeden Tag zehn Minuten auf die Vibrationsplatte. Sie hat sich vorgenommen, bei der nächsten Kur, so wenig wie möglich mit dem Stock zu laufen. Ein Rollator kommt für sie nicht in Frage.

Nach dieser motivierenden Postkarte aus Marienbad habe ich alle meine Unterlagen zusammengesucht und erst einmal Saint Antonius gezeichnet, dann das Kurhotel bei Nacht, sowie einen kleinen Gruß aus Dresden, die zwei Engel von dem Bild der Sixtinischen Madonna.

Wie war das doch gleich Anfang 2019?

Ich schickte der Chefin vom Kurhotel Saint Antonius Ende Januar eine Email und bat sie uns unser Zimmer von 2018 mit Halbpension, 20 Anwendungen, für zwei Personen und zwei Hunde mit Autostellplatz zu reservieren. Wenige Stunden später hatten wir die Zusage für unseren 14tägigen Kuraufenthalt zur gleichen Zeit.

Die Wochen bis wir unsere Kur antreten konnten vergingen rasend schnell.

„Der Frühling lässt sein blaues Band wieder flattern durch die Lüfte", dieser Vers kam mir beim Kofferpacken in den Sinn. Die Anreise gestaltete sich unerwartet umständlich. Kurz vor Karlsbad wurden wir auf der Autobahn informiert, dass die Strecke nach Marienbad über Loket gesperrt ist. So mussten wir einen Umweg über Cheb fahren.

Von Cheb nach Marienbad ist es dann ein Katzensprung. Nach kurzer Zeit sahen wir das Ortseingangsschild von Marienbad. Auf der linken Seite stand das Kaufland, die Gaststätte zum Swejk grüßte uns auf der rechten Seite und schon waren wir auf der Kreuzung, kurz vor unserem Ziel. Endlich schaltete die Ampel auf Grün. Wir fuhren in die 30er Zone, vorbei an der Oblatenfabrik, am Kurpark, prächtig erhob sich vor uns das Bellevue und schon grüßte uns am Eingang des Hotels, Saint Antonius.

Diesmal fuhr ich in freudiger Erwartung direkt vors Hotel. Meine Mutter wurde von der Hotelchefin Jana herzlich begrüßt und ich erhielt sofort den Schlüssel für unser Hotelzimmer ausgehändigt. Während ich die Hunde und Koffer ins Zimmer brachte, konnte es sich die Oma nicht verkneifen, zu fragen, ob Max schon angereist ist.

„Max, nein von dem habe ich nichts gehört!", war Janas kurze Antwort.

Wir waren traurig. Am Abend fanden wir auf unseren Tisch drei Gedecke. Da hat Jana bestimmt wieder einen einsamen Kurgast an unseren Tisch gesetzt, stellten wir fest. Auch gut, da haben wir wenigstens Unterhaltung. Jana servierte die Vorspeise mit einem Lächeln und wir waren wieder zu hause.

Da erschien er, Max.

Hatten die Beiden tatsächlich ein Komplott geschmiedet, um uns zu überraschen?

Den ganzen Abend verbrachten wir damit, unsere Erlebnisse im vergangenen Jahr auszutauschen. Am Nachbartisch saß eine einsame Kurgästin. Wir baten sie, mit Janas Erlaubnis, an unseren Tisch mit Platz zu nehmen. Sie war uns dafür dankbar.

Am nächsten Tag begann bereits das volle Programm. Zuerst wurden uns die Indikationen auf einer Terminkarte übergeben; Heißer Stein, Massagen, Gasspritzen, Gassack und neu war die Parafinbehandlung der Hände. Damit waren wir mit 20 Behandlungen die ganzen 14 Tage ausgelastet.

Am zweiten Abend machte Max den Vorschlag, ein Konzert in der russischen Kirche zu besuchen. Nach dem Abendbrot wartete ich auf Max vor dem Auto. Er hatte Schwierigkeiten ins Auto zu steigen, denn der Sitz war noch auf die viel kleinere Oma eingestellt. Max saß ganz unbeholfen mit angezogenen Knien neben mir. Ich löste sein Problem, indem ich für Max unerwartet den Sitz ausfahren lies. Völlig erschrocken sah mich der stattliche Mann mit großen Augen an.

Ich musste den ganzen Abend an diesen kuriosen Gesichtsausdruck denken und bekam immer wieder Lachanfälle.

Die russische Kirche liegt auf einer Anhöhe, auf der gegenüberliegenden Seite des Kurparks. Wir fuhren die Angelikastraße hinunter bis zur Kreuzung und danach lotste mich Max ruhig und gelassen durch den Stadtverkehr bis zur Kirche auf dem Berg. Wir sahen einen Parkplatz unmittelbar vor der Kirche. An der Kirche hatten sich schon viele Menschen versammelt. Am Einlass entrichteten wir unseren Obolus und fanden nur noch ganz hinten, neben dem Altar freie Plätze.

Die russisch-orthodoxe Kirche des Heiligen Wladimir wurde Anfang des 19. Jahrhunderts erbaut. Der Grundriss entspricht einem griechischen Kreuz. In der Mitte steht ein prunkvoller Ikonenaltar.

Nachdem alle Platz gefunden hatten, begann ein Mann an einem elektrischen Klavier zu spielen. Dann schwebte eine schwarzhaarige Schönheit in einem langen ausgestellten Ballkleid zum Altar. Ihr Gesang war ein Genuss, am schönsten sang sie das Ave Maria. Sie wechselte sich mit einem Trompetenspieler ab. Beim Klang dieses Instrumentes und der hervorragenden Akustik lief es uns kalt über den Rücken.

Völlig benommen von der schönen Musik fuhren wir nach einer Stunde in unser Hotel zurück.

Am nächsten Tag war der längliche Tisch neben dem Aufgang mit zwei Ehepaaren und zwei älteren Damen besetzt.

War das eine Sinnestäuschung – nein – es waren die zwei Schwestern aus Heidelberg, die wir beim letzten Kuraufenthalt verkohlt hatten. Die Frauen erkannten uns auch wieder und erinnerten sich an Max Rolle als Franz-Joseph Model. Nachdem wir Frauen später in den Gassäcken steckten, haben wir unsere Unterhaltung vom Vorjahr fortgesetzt. Die zwei Schwestern erzählten uns viel Interessantes über Heidelberg, dass wir nur als Filmkulisse kannten.

Auch unsere neue Tischnachbarin wurde zutraulich. Mittags wartete sie immer sehnsüchtig auf den Anruf ihres Ehemanns, der wegen der Hauskatze zu Hause bleiben musste.

Am Wochenende machte Max den Vorschlag in die Salzgrotte zu gehen. Wir mussten den Kurpark durchqueren. Das heißt den Berg vom Hotel hinunter bis zum Bach am Parkcafe und dann die Steigung wieder hinauf bis zur Hauptstraße. Auf dem Weg am Bach entdeckte ich den Zahnarzt vom vergangenen Jahr mit einem kleinen Hund. Eins fiel mir gleich auf, er war vermutlich inzwischen beim Friseur gewesen, seine Haare waren nicht mehr so lang. Dabei fielen mir die Worte der lustigen Damen aus Stuttgart ein, mit diesem Zahn wird es keine Probleme mehr geben, denn der Zement ist wesentlich stabiler. Recht hatten die drei Frauen, ich hatte keine Probleme mehr nach dieser Zahnbehandlung.

Wir waren inzwischen an der Salzgrotte angelangt. Max kannte die Betreiberin, eine nette junge Frau, die perfekt deutsch sprach und Sonja heißt. Sie erzählte mir, dass sie sich noch an meinen Onkel erinnern kann und dass auch ein „Kopta" Bürgermeister in Marienbad war.
Wir lagen auf Liegen und wurden mit weißen Decken zugedeckt. So konnten wir mit leiser Musik im Meer abtauchen und entspannen. Die salzhaltige Luft ist so intensiv, dass man spürt, wie das Salz den Körper positiv

beeinflusst. In der Grotte waren noch weitere Kurgäste aus unserem Hotel, die uns einwiesen und hilfreich zur Seite standen.

Nach 50 Minuten wurde das helle Licht wieder angeschaltet und am Ausgang stand der Zahnarzt. Nein, es war Petr, der Mann von der Betreiberin Sonja, der dem Zahnarzt zum verwechseln ähnlich sah. Petr ist ein sehr freundlicher und hilfsbereiter junger Mann, der nach dem Verlassen der Salzgrotte uns beim Ausziehen der Überschuhe behilflich war und die Salzreste aus unserer Kleidung bürstete.

Die Saline ist stündlich geöffnet, als einzige arbeitet die Saline mit einem Salzgenerator. Wer diese Salzgrotte nicht besucht, hat etwas Wichtiges beim Kurbesuch versäumt. Sonja bot uns hinterher noch einen Tee an und ihre wohlschmeckenden Salzbonbons. Unsere Hotelchefin Jana organisiert mit Sonja gern den passenden Termin für die Zufriedenheit der Kurgäste. Noch ein Service der für die hohe Qualität des Wohlfühlhotels steht.

Eines Tages kam zum Frühstück ein sehr reserviertes Ehepaar die Treppe herunter. Es unterhielt sich nur mit Jana, zu den anderen Kurgästen hatte es keinen Kontakt.

Eines Tages kam zum Frühstück ein sehr reserviertes Ehepaar die Treppe herunter. Es unterhielt sich nur mit Jana, zu den anderen Kurgästen hatte es keinen Kontakt.

Vor dem Gasspritzenzimmer hörte ich, dass das Ehepaar tschechische Staatsangehörige waren und deshalb zu den überwiegend deutschen Kurgästen keinen Kontakt hatte. Ich fragte sie auf ihrer Sprache, ob es ihnen im Kurhotel gefällt.
(Ich bin heute meinen Eltern, deutsche Mutter und tschechischer Vater, dankbar, dass sie mich zweisprachig erzogen haben.)

Da kam ein Leuchten in ihre Augen. Der Mann sagte, als er ins Gasspritzenzimmer gerufen wurde, „Danke!"
Von diesem Moment an war das Eis gebrochen. Zu jeder Malzeit und bei den gemeinsamen Behandlungen im Gassack hatten sie ein paar liebe Worte für uns. Nach einer Woche reiste das Ehepaar ab. Wir bedauerten ihren kurzen Aufenthalt. Während der Mann das Auto belud, verabschiedete sich die Frau herzlich von uns und erklärte, „wir können nicht länger bleiben, mein Mann ist Politiker und hat einen dringenden Termin in Prag.

Die Oma hatte ihren Stock vergessen und musste noch einmal in den Speisesaal zurücklaufen, während ich bereits zu den Hunden ins Zimmer eilte. Ich hatte die Tür für die Oma offen gelassen.

Die Hunde hörten sie kommen und liefen ihr entgegen, in der Hoffnung ein Leckerli zu erhalten. Jedoch auf der Treppe stand noch nicht die Oma sondern unser Lieblingskoch.

Der wiederum deutete das freudige Erwarten insbesondere von Shyra, als eine Attacke auf seine strammen Waden.

Wir konnten unseren Lieblingskoch beruhigen, er hatte danach einen riesigen Respekt vor Shyra.

Für das erste Wochenende machte Max den Vorschlag in die neun Kilometer entfernte Stadt Chodova, in die Brauerei Chodovar zu fahren.

Nach einem Schriftdokument soll die Brauerei bereits 1573 gegründet worden sein. Die Brauerei wurde über dem mittelalterlichen Steinkeller errichtet. Die heute noch bewirtschafteten Brauereigebäude wurden im Jahr 1862 gebaut. Neben einer Bierverkostung und Geselligkeit im Brauereirestaurant können die Gäste das Biermuseum besichtigen.

Unsere Tischnachbarin zeigte auch Interesse, die Brauerei kennen zulernen. Wir sprachen alles mit Jana ab, diese stellte uns unseren Lieblingskoch, diesmal als Fahrer zur Seite.

Er brachte uns wohlbehalten zur Brauerei und holte uns, in seiner Pause, zwischen Mittag- und Abendessen, wieder ab.

Dieser junge Mann ist ein Gewinn für das Hotel. Er ist einer der zwei Köche, die uns immer mit kulinarischen Köstlichkeiten verwöhnten und gern auf Sonderwünsche eingingen. Im Auto erzählte er uns, dass er keinen Alkohol trinkt.

Das hat folgenden Grund. Erstens wohnt er etwas weiter vom Hotel entfernt und dann hat er zwei kleine Kinder, die er im Notfall nach Cheb ins Krankenhaus fahren muss.

So fürsorglich wie er ist, verzichtet er gern auf Alkohol. Aber trotzdem ist er ein toller Alleinunterhalter und hat uns mit einem anderen Kellner einen unvergesslichen Abend bereitet.

Im Hotel arbeiten tolle Kellner, ab und zu kommt ein älterer Aushilfskellner ins Saint Antonius, dieser hat einen unverwechselbaren wiener Charme. Wir fühlten uns bei ihm liebenswert unterhalten, wir nannten ihn „Hans Moser".

Die Brauerei Chodovar ist ein Highlight. Sie lädt zum verweilen ein und in dem stilvollem unterhaltsamen Kellergewölbe hat man sofort Kontakt zu den anderen Gästen. Max stellte sich an die Theke und wollte eine Führung bestellen. Dafür erhielt er eine Absage. Führungen werden nur bis 14 Uhr durchgeführt, Ausnahmen gibt es keine. Es war schon 15 Uhr und damit viel zu spät.

Nachdem wir wieder zurückkamen, winkte mich Jana zu sich heran und teilte mir mit, dass heute noch zwei Hunde angereist waren. Nach der Gassirunde begrüßten sich die Vierbeiner hundgemäß. Wir standen auf der

Terrasse und die zwei neuen Hunde schauten von ihrem Hotelbalkon herab.

Wir Frauchen sprachen uns ab, dass unsere Gassirunde in verschiedene Richtungen gehen musste. Das Ehepaar nahm den Weg zum Kurparkcafe nach unten und wir stiegen den Berg in den Wald hinauf. Das tschechische Ehepaar war sehr kooperativ, so wie es bei Hundehaltern Brauch ist. Zuerst musste ich nach dem Abendbrot ihre zwei Vierbeiner persönlich begrüßen. Es war eine elfjährige Hundemutter mit ihrem Sohn. Die Halterin machte sich Sorgen um die ältere Hundedame. Ich erklärte ihr, dass für Altersbeschwerden und anderes mehr bei Hunden, die Clorella-Alge helfen kann. Für diesen Hinweis war mir das Frauchen der zwei Racker sehr dankbar. Da ich diese Alge, statt Leckerli immer bei mir führe, erklärte ich ihr, dass meine Hunde diese Alge als Leckerli ansehen und wie Pralinen verspeisen.
Die zwei Hunde nahmen die Algen aus der Hand ihres Frauchens sofort an, ihr treuer Hundeblick sagte, oh - so wenig? Wir tauschten uns in der Folge bei den Kuranwendungen immer über unsere Hunde aus. Als das Ehepaar in die Slowakei abreiste, übergab ich ihnen meinen Restproviant an

Clorella-Algen mit auf den Weg. Sie wollten zu Hause über das Internet die Algen gleich bestellen.

Diese Alge ist auch für Menschen sehr gesund, sie verfügt über unzählige Vitamine und Spurenelemente. Vor allem leitet sie Umweltgifte aus dem Körper aus.

Max machte für das letzte Wochenende vor unserer Heimreise den Vorschlag, Rübezahl im Kaiserwald, ein geologischer Park im oberen Stadtteil, auf einer Fläche von zehn Hektar, unsere Aufwartung zu machen.

Er lehnte es ab, mit dem Auto zu fahren. Dabei dachte er wohl an seine missliche Sitzposition bei unserem Ausflug zum Konzert und meinen Lachanfall.

Max erklärte mir es sei ganz unproblematisch, mit dem Bus 13 dahin zu kommen.

Wir verabredeten uns für 15 Uhr. So hatten wir genügend Zeit, um in zwei Stunden wieder im Hotel zu sein, damit ich meine Pflicht den Hunden gegenüber erfüllen konnte. Ich war schon etwas früher auf der Terrasse vor dem Hotel und setzte mich zu unserer Tischnachbarin und wartete auf Max. Doch dieser kam nicht. Er hatte mich am Tresen erwartet und es unterlassen, einen Blick durchs

Fenster zu werfen. Nach zehn Minuten stand Max bei der Oma vor der Tür und wollte mich abholen. Sie erklärte ihm, dass ich schon länger das Zimmer verlassen hätte. Daraufhin verlies Max das Hotel durch den Gaststätteneingang an Saint Antonius vorbei und wartete da auf mich. Durch einen Zufall sah ich ihn stehen.

Wir mussten über unser Missverständnis lachen und stiegen den Berg hinunter zum Parkcafe. Nach wenigen Gehminuten durch den Park erreichten wir die Bushaltestelle. Der Bus 13 war gerade weggefahren und der nächste sollte laut Fahrplan erst in einer halben Stunde kommen. Wir setzten uns auf die Bank neben der Haltestelle und beobachteten die Biker mit ihren schmucken Maschinen. Max schwärmte von seiner Jugendzeit. Viele Busse kamen, aber der Bus 13 kam auch nach einer halben Stunde nicht. So schlug Max vor zur nächsten Bushaltestelle zu laufen, damit es uns etwas wärmer wurde. An dieser Bushaltestelle stellten wir fest, dass es keine Bänke gab nur ein Fischrestaurant. Wir wussten, dass der nächste Bus erst in einer halben Stunde kommen würde. So entschied sich Max im Fischrestaurant einen Kaffee zu trinken. Ich lief über die Straße am Churchill Pub vorbei in eine Wechselstelle, um meine Euro umzutauschen, damit ich die 20 Kronen für die Busfahrt entrichten konnte. Danach kam immer noch kein Bus.

Max hatte die Faxen dicke und entschied sich zurück zum Hotel zu gehen. Wir waren an der ersten Haltestelle vorbeigegangen, da erklärte mir mein Stadtführer, dass der Bus 13 kein Oberleitungsbus sondern ein normaler Bus sei. Ich blickte zu Max und dann auf die Straße, „Max da kommt ein normaler Bus!" Es war der Bus 13. Wir machten kehrt und rannten zur Bushaltestelle. Ich war erstaunt, wie schnell Max laufen konnte, sonst stützte er sich immer auf seinen edlen Stock. Der Bus war fast leer. Es war ja auch schon halb Fünf. Wir fuhren an der Kollonade vorbei, an der Kirche und am Hotel Central den Berg hinauf. Der Sessellift auf der rechten Seite war nicht in Betrieb. Bereits nach zehn Minuten waren wir an der Endhaltestelle am Rübezahlhotel angelangt. Nach einem Blick auf den Fahrplan stellte ich fest, dass der nächste Bus in die Stadt, erst in zwei Stunden wieder fährt. Ich erklärte Max, dass ich die Hunde mit der Gassirunde nicht so lange warten lassen kann und auf dem schnellsten Weg wieder zurück muss. Die

Oma macht sich Sorgen, wenn ich 18 Uhr zum Abendbrot nicht auf der Matte stehe.

Max kurz motivierende Antwort war, „da musst du die fünf Kilometer den Berg hinunter eben laufen."
Toll gemacht! Mit dem Auto wäre der Ausflug ein Katzensprung gewesen – dachte ich.

Erstaunt war ich über das Hotel hinter der Statue von Rübezahl. Es sah aus wie die Miniatur des Panoramahotels in Oberhof. Auf der anderen Straßenseite stand das „Rübezahl-Marienbad Luxus Castel Hotel und Golfhotel. Der dazugehörige Golfplatz ist noch eineinhalb Kilometer entfernt. Es ist ein gehobenes, also teures Hotel in einem eleganten Schloss. Das 1903 erbaut und erst kürzlich neu renoviert wurde.

Neben dem Hotel befindet sich das Freilichtmuseum mit einem Miniaturpark. Wenigstens da gingen wir trotz Zeitdruck hinein. Im Miniaturpark befinden sich Kopien der bekannten Baudenkmäler der tschechischen Republik.

Nach dem Besuch des Museums wollte ich den Abstieg nach Marienbad wagen. Max hatte sich vorgenommen, die Wartezeit mit einem Kaffee im Luxushotel zu verkürzen.

Ich verabschiedete mich von Max und begann den Abstieg. Dabei musste ich mich beeilen, so schnell wie möglich die fünf Kilometer zu überwinden. Zuerst kam ich auf ein dickes Schneefeld, es war sehr beschwerlich dieses zu überqueren. Dann stand ich vor dem nicht in Betrieb befindlichen Sessellift. Weiter ging es an einem Aussichtsturm vorbei, den ich aus Mangel an Zeit nicht besteigen konnte.

Ich wanderte zügig weiter den Berg hinunter. Vor einigen Tagen gab es einem mächtigen Sturm und der hatte einige Bäume umgelegt und das direkt auf die Wege. So musste ich einige Kletteraktionen unternehmen, um diese Barrikaden zu überwinden. Nach drei Kilometern sah ich die Stadt Marienbad mit der Kollonade unter mir liegen. Jetzt waren es nur noch zwei Kilometer und die Kirchenuhr stand auf der Sechs.

Ich war glücklich, endlich das Hotel Saint Antonius unten am Hang liegen zu sehen.

Mir graute vor der Gassirunde, viel lieber hätte ich die Beine ausgestreckt und mich ausgeruht.

Beim Abendbrot war auch Max wieder wohlbehalten im Hotel eingetroffen. Ich erzählte Jana von meiner unfreiwilligen Wanderung, sie lächelte wohlwissend der Strapazen.

Auch die Schwestern aus Heidelberg bedauerten mich, was mir sehr gut tat. Sie mussten schon am nächsten Tag abreisen, wir hatten noch einen Tag länger das Vergnügen Kurgäste zu sein. Ich bedauerte sie, denn bis Heidelberg ist es ja ein weiter Weg.

Die Schwestern waren optimistisch, kein Problem, wir haben bei „Selta Med – Kurreisen" gebucht, die haben einen ganz besonderen Service. Wir werden direkt von zu hause abgeholt und nach der Kur wieder nach hause gebracht. Darauf schwört auch Max, denn er lies sich diesen Service nicht entgehen. Zumal dieser Reiseveranstalter noch weiteren Service bietet, für Gehbehinderte die kostenlose Bereitstellung eines Rollators, vergünstigte Eintrittskarten und anderes mehr. Wir alle verbrachten noch einen schönen gemeinsamen Abschiedsabend. Am nächsten Tag packten auch wir und Max unsere Koffer. Jede schöne Kur geht einmal zu Ende. Wir verabschiedeten uns mit unserem Standdartsatz.

„ Bis zum nächsten Jahr, zur gleichen Zeit!"

Nachtrag

Das neue Jahr war kaum angebrochen, da erhielten wir eine Nachricht vom Wohlfühlhotel. Die Chefin Jana teilte uns mit, dass unser Zimmer zur gleichen Zeit, mit dem gleichen Service, für uns und unsere zwei Hunde bereitsteht.

Unsere zwei Lieblinge Feli fast 14 Jahre alt und Shyra wird am 30. Januar 12 Jahre, hatten mit steigendem Alter immer mehr Angst vor dem Silvesterfeuerwerk. Sie blieben 16 Stunden in der Wohnung, ohne jegliche Bedürfnisse zu befriedigen. Die kleine Feli kroch unter meine Bettdecke, zitterte und winselte.
Feli war ein ausgesprochen liebes Tier.
Egal in welchem Zimmer wir uns aufhielten, Feli saß oder lag immer an unserer Seite. Ihr Futter teilte sie sich mit der größeren Shyra. Früh stürzte sie sich in mein Bett und begrüßte mich leidenschaftlich, natürlich auf eine Streicheleinheit hoffend, danach bedachte sie Shyra mit ihren Liebesbezeugungen. Männer mochte sie ganz besonders, denen krabbelte sie das Hosenbein hoch und ließ sich streicheln. Auch ihr bekannte Hundehalter und Freunde bekamen etwas von ihrer Liebe ab.

Wir freuten uns alle, in drei Monaten wieder zur Kur nach Marienbad fahren zu können. Zwei Hundefreundinnen aus unserem Wohngebiet hatten in diesem Jahr eine Kur ins Verwöhnhotel gebucht, sie werden nicht enttäuscht werden.

Das neue Jahr war zwei Wochen alt, da musste die kleine Feli brechen. Mit viel Zuwendung und Streicheleinheiten, Tee und Hühnerbrühe hörte das Brechen auf. Feli schien sich wieder erholt zu haben. Am Abend stand Feli aus ihrem Bettchen auf, rief nach uns und schaute uns lieb und dankbar an, legte sich wieder hin und schlief für immer ein.

Liebe kleine süße Feli, wir werden dich in unserem Herzen tragen und nie vergessen.

Autorenvita

<u>Groß, Carla-Maria</u>

,* 1949 in Dresden
Dipl. Verwaltungswirtin (FH)

Ausgezeichnet: Dresdnerin des Jahres 2000
2003/2004 Fernstudium "Kreatives Schreiben"
Hobbys: Camping, Filmbearbeitung und Malerei
Romane und Lyrik erschienen im Cornelia
Goethe Literaturverlag Frankfurt, 2005
"Gehetzt in Kampf um die Wahrheit"

Folgende Bücher erschienen bei Bod:
"Mit Drazdan, dem ältesten Schutzengel von
Dresden, durch die Stadtgeschichte"/ "Dresden
historrischer Reiseführer", " Saxonia die erste
deutsche Dampflokomotive", " Die Dresdner
Friedrichstadt auf alten Ansichtskarten",
"Auf'n Hund gekommen / Hunde -
Geschichten", Vittoria Colonna, spirituelle
Geliebte von Michelangelo"/ "Michelangelo in
Love", "Abulis, krankhaft Willenlos" und
E-Books.

CM Groß gibt Hilfe und Unterstützung für
Hobbyautoren beim Schreiben und Illustrieren
von Sach- und Kinderbüchern;

Weitere Bücher von CM Groß:

„Karl der Große und die böhmische Fürstin Libuša - Dresden Saga"

Der Roman führt die Leser in die Regierungszeit von Karl dem Großen.

In einem Sumpfwaldgebiet im Land der Slawen, wird im Jahr 782 n. Chr. an einer Furt ein Kind gefunden, das die Gabe hat, die Zukunft vorauszusagen. Große Herrscher bedienen sich der Gabe des Knaben.

Karl der Große (742 bis 814), Herrscher von Gottes Gnaden, den Gott mit der Erkenntnis der Wahrheit ausgestattet hat, sieht seine Mission in der Christianisierung der Ungläubigen. Die Politik des Frankenkönigs führt weit in die Zukunft, dabei ist seine Ostpolitik von großer Bedeutung. Bereits 777 beginnt Karl der Große mit der Einteilung von Sachsen. Er setzt in den Gemarkungen fränkische Adlige als Grafen ein.

Im Jahr 782 wird er als „Sachsenschänder", wegen des Blutbades von Verdun, an der Aber, bezeichnet. Jedoch Karl der Große schenkt den Slawen mehr Aufmerksamkeit, als dem Sieg über die Sachsen. Er ist sehr intensiv mit Kämpfen gegen die Slawen beschäftigt, aus denen er sehr spät erfolgreich hervorgeht.

Karls Name ist für die slawischen Völker so beeindruckend, dass sie daraus das Wort König, „Kral", bilden. Nach der Einverleibung von Bayern wird das Frankenreich Grenznachbar der Slawen. Karl der Große sichert seine militärische und politische Macht im Südosten durch Marken ab, mit dem Ziel die Christianisierung der Böhmen voranzutreiben. Hier stößt er auf Widerstand.

Libuša beugt sich nicht dem Willen des Frankenkönigs. Die junge Fürstin regiert das Böhmenreich von ihrer Burg Vyšehrad. Sie ist eine Seherin und hat viele Visionen. So sagt sie die Entstehung der Mutter aller Städte (Prag) voraus und die Herrschaft der Dynastie der Luxemburger und Habsburger, die sich alle Fürsten und Lehen Europas zu Untertan machen würden.

Karl der Große versteht es, durch strategische Familienbande, das böhmische Herrscherhaus zu unterwandern. Und sich im Jahre 806 Untertan zu machen.

Vittoria Colonna,
spirituelle Geliebte von Michelangelo

Dieser historische Roman ist das Porträt einer großen Dichterin, die ihr Leben dem Glauben widmete und in ihrer Liebe zu zwei Männern keine Erfüllung fand.

Vittoria Colonna besaß die Fähigkeit in ihren Sonetten, von Leidenschaft getrieben, ihr Inneres auszudrücken, dabei führte sie eine scharfe Feder. Ihr unaufhörliches Streben nach Selbstdisziplin, Bescheidenheit, Tapferkeit und Weisheit, machten sie in der ersten Hälfte des 16. Jahrhunderts zur bedeutendsten Frau von Rom.

Obwohl sie auf jede erdenkliche Weise Luthers Gedankengut der Reformation in ihrem ,Gesprächskreis vertrat und verbreitete, entging sie der Inquisition.

Michelangelo gehörte zu ihrem Gesprächskreis. Den großen Künstler verband mit der Marquise von Pescara nicht nur eine starke religiöse und intellektuelle Beziehung.

Die geistige Größe der ersten Frau von Rom, ihre sinnlichen Reife einer vollendeten Schönheit, veranlassten Michelangelo sie wie von Sinnen zu lieben.

Neuauflage 2017: "Michelangelo in Love"

"Saxonia"
- die erste deutsche Dampflokomotive
war Metapher der Mairevolution 1849

Der König rühmte Professor Johann Andreas Schuberts Verdienste für das Land Sachsen; Revolutionierung der Dampfschiff-, Lokomotiven-, Maschinen- und Brückenbau, sowie die Einführung des Titels „Ingenieur" in Deutschland. Er charakterisierte ihn als einen verdienstvollen Vasallen, dessen einzige Verfehlung die Mitwirkung anlässlich der Mairevolution 1849 war.

An der Seite von Gottfried Semper, Richard Wagner und August Röckel kämpfte Johann Andreas Schubert als Kommandeur der Akademischen Legion auf den Barrikaden. Während Weber und Semper in die Schweiz flüchteten, blieb Schubert in Dresden.

Nach 19jähriger Ehe verstarb seine, Ehegefährtin, Florentine, Mutter zweier Kinder. Aus der zweiten Ehe mit Sophie Eben entstammen fünf Töchter.

Professor Schubert war eine Persönlichkeit, die es verstand Forschung, Lehre und Praxis zu verbinden.

Hunde - Abenteuer
von CM Groß & Co.

Amüsantes Erlebnis einer Hundedame
und ihren Freunden mit den Zweibeinern
(Zur Erinnerng an Feli)

Die Liebe eines Hundes zu seinem
Frauchen oder Herrchen und deren
Angehörige ist unermesslich und der Hund
wird seine Beschützerfunktion für sein
Familienrudel nie aufgeben. Das
unsichtbare Band eines Hundehalters geht
meist über den Tod hinaus. Ich erinnere Sie,
liebe Leser, an bewegende Filme und deren
Helden auf vier Pfoten, wie
„Grambambuli", „Lessi", und nicht zu
vergessen, „Rex".

Wie über eine Buschtrommel verbreiten
sich unter den Hundeliebhabern
Nachrichten über gute Tierärzte,
Hundekrankheiten, besondere Nahrungs-
mittel oder wo es einfach noch Beutel gibt,
um den Hundekot zu entsorgen. Nicht
selten ist zu erleben, dass ein Sturm auf die
Discounter einsetzt, wo sich die Regale mit
Trocken- und Dosenfutter blitzschnell
leeren, drei Stück für einen €.

Schon in den Morgenstunden werden beim „Gassigehen" Erziehungs-, Ernährungs- und Gesundheitstipps im Interesse ihrer vierbeinigen Lieblinge angesprochen. Manche Hundefreundschaft geht nicht zuletzt auf die Halter über. So unterstützen sich die Hundefreunde ohne große Überredungskunst beim Hundesitting. Können sich einige Hunde nicht riechen, gehen die Besitzer diplomatisch auf die andere Straßenseite, um Konflikte gar nicht erst aufkommen zu lassen. Die Halter wissen, dass Rüden sich mächtig quälen, wenn sie eine heiße Hündin wittern, deshalb nehmen alle untereinander Rücksicht.

Gegen ein Problem sind die Hundehalter machtlos – das sind Hundehasser!

Aber eins sollte gerade diese Bevölkerungsminderheit bedenken: Die Hundehalter stützen mit keiner geringen Hundesteuer das Stadtsäckel. Was alles damit gefördert wird, weiß nur der Stadtkämmerer.

Dieses Buch soll einen kleinen Beitrag dazu leisten, sich gegenseitig besser zu verstehen. Jeder Hund ist eine unverwechselbare Persönlichkeit, die unsere Gesellschaft braucht und sehr empfindlich auf Lob und Tadel reagiert. Schlechte Gewohnheiten werden erst dann entwickelt, wenn unsere Vierbeiner gereizt werden oder sich langweilen. Hunde waren und sind zu jeder Zeit der beste Freund des Menschen.

Wir Hundehalter bedanken uns bei den vielen Tierärzten, den unzähligen Tierschutzvereinen und Initiativen, die für das Wohl und Gedeih unserer Vierbeiner unermüdlich tätig sind.